나의 독박 간병 일지

나의 독박 간병 일지

어느 날,
부모님의 보호자가 되었습니다

미아오 지음 · 박지민 옮김

이덴슬리벨

0장

세상의 모든 돌봄자에게

아픈 가족을
간병하고 돌보는
돌봄자는 슬픔으로 가득한 투명
상자 안에 갇혀 있는 것 같아요.

어느 날, 돌보는 일이 끝난다고 해도
상자는 여전히 닫혀 있지요.

그 열쇠가 어디에
있는지는 아무도
모른답니다.

그런데 어느 날, 제게는 그림이 있다는 걸 떠올렸어요.

그리고 엄마 아빠와의
기억을 떠올리며
그림을 그릴 때면

두 분이 내 펜 아래에서
생생히 살아 있는 것 같았어요.

상상이라도 상관없고,

그저 펜과 스크린을 통해
볼 수 있는 것만으로도
좋았어요.

그렇게라도 엄마 아빠와
함께 있고 싶었으니까요.

《나의 독박 간병 일지》 시리즈는
사랑하는 부모님께 보내는
저의 마지막 인사랍니다.

어느 날, 그림을 다 그리고 나면
닫혀 있던 마음속 상자도
저절로 열릴 거라고,
저는 그렇게 믿어요.

그 동안 이 이야기를 응원해 준
모든 분께 지면을 빌려
감사하다는 말을 전합니다.
여러분이 함께해 줘서
해낼 수 있었어요.

저도 여러분께 조금이라도
도움이 된다면 기쁘겠습니다.

그럼, 시작해 볼까요?

차례

1장

왜 나일까?

나는 여성이다.

과거에 비해
지금은 여성에게
우호적인 시대라서

어렸을 때부터 여성은
어떤 일도 다 할 수 있고,
남녀는 똑같이 자유롭다고
배웠다.

그래서 나는, 언제든
내 꿈을 좇으며
살 수 있다고 말이다.

하지만 누구도 말해 주지 않은,
아주 중요한 사실이 하나 있었는데,

그건 바로…

**여성의 자유에는
제약이 따른다는 거다.**

대부분의 가정에서
아픈 가족이나
어른을 간병하고
책임지는 돌봄자 역할은
딸이나 며느리가 맡게 된다.

우리집도 그런 케이스였고,
내 돌봄 경력은
어느덧 12년이 되었다.

돌봄자가 처한
상황은

마치 투명한 상자 안에
갇힌 외톨이 같다.

바깥은 분명 환하게 밝은데

안쪽으로는 햇살 한 줄기
들어오지 않는다.

햇볕은 분명 따뜻할 텐데….
나는 느끼지 못한다.

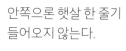

상자 안은 늘 춥고 시리다.

돌봄자가 아무리 노력해도
상황은 쉽게 호전되지 않기 때문이다.
가족의 생명은 하루하루 사그라져
마침내 죽음에 이른다.

보답은 없고
고통과 상처만 가득한,
결과가 정해진 여정이다.

나는 어쩌다…

돌봄자가 되었을까?

나는 행복한 가정에서 자랐다.

막내여서 부모님의 사랑을 듬뿍 받았고, 나도 가족을 무척 사랑한다.

그런데 12년 전, 느닷없이 암이 우리 집에 찾아왔다.

암

「왜 나였을까?」

그건 조금만 생각해도 바로 알 수 있다.

폐암에 걸린 엄마를 누군가는 돌봐야 했고, 그렇게 내가 엄마의 '주돌봄자'가 되었다.

앞에서 내가 '여성의 자유에는 제약이 따른다'고 한 말….

언니는 결혼하고 아이를 낳자 한 가정의 돌봄자가 되었다.

통계에 의하면 아직
여성의 가사 부담이 남성보다 훨씬 많다.
시부모님과 어린아이를 돌보는 책임,
거기에 맞벌이까지….

그런데 내가 어떻게 언니에게
또 부담을 지울 수 있을까?

그때 나는 미혼이고
프리랜서였으니
어떻게 봐도
내가 가장 적합했다.

아, 내겐 언니 외에도
오빠가 둘 있다.
하지만 오빠들은…

사회생활에 여념이 없던 때라 그런지
자신들이 돌봄자가 된다는 생각
자체를 하지 못했다.
그래서 자연스레 빠졌다.

그렇게 나의 돌봄자 여정이 시작되었다.

나는 엄마와 함께 말레이시아 시골집을 떠나 싱가포르의 병원에서 암 치료를 시작했다.

엄마의 종양이 너무 커서 먼저 크기를 줄인 다음 수술을 해야 했다.

편의를 위해 우리는 병원 근처에 머물기로 했고

다행히 병원 근처에 사는 이모 집에서 지내게 되었다.

떠나기 전에 친척과 이웃들은 입을 모아 말했다.

너무 잘됐다. 이모가 있으니 너는 엄마만 잘 돌보면 돼. 힘들 거 없어!

나도 내가 잘할 수 있으리라 생각했다.

하지만 돌봄자의 가장 어려운 점은 누구도 말해 주지 않았다.

엄마, 잘 자.

너도 잘 자.

엄마,
따뜻한 물 마실래?

마셔도 계속 기침이 나….
괜찮으니 넌 얼른 자.
내일 또 병원 가야 하잖아.

잠을…

잠을
잘 수가 없어….

돌봄자의 가장 큰
어려움은
불면이다.

사랑하는 가족이
옆에서 고통스러워하니
잠을 이룰 수가 없다.

가족애란 그런 거다.

젊을 때는 밤새 미친 듯이
달려 보자는 말을 스스럼없이 했고,
그게 재밌고 멋있어 보였다.

하지만 그렇게 밤을
얼마나 새울 수 있을까? 하룻
사흘? 일주일?

돌봄자의 불면과 선잠은 몇 개월간 이어진다.
수면 부족이라는 지옥은 끝이 보이지 않는다.

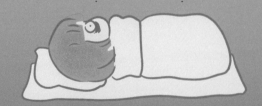

엄마는 방사선 치료가 시작되자 훨씬 더 쇠약해졌다.

오래 서 있지 못해 휠체어에 의지해야만 했다.

괜찮아, 엄마! 내가 엄마의 다리가 될게!

엄마가 가고 싶은 곳 내가 다 데리고 갈 거야!

나중에 엄마는 혼자 씻을 힘도 없어졌다.

괜찮아, 엄마! 내가 엄마의 손이 될게!

엄마가 존엄을 잃지 않게 깨끗하고 예쁘게 해 줄 거야!

곧이어 엄마는 입맛까지 잃어서 거의 먹지를 못했다.

괜찮아, 내가 엄마 요리사니까!

엄마가 좋아하는 거 내가 다 만들어 줄게!

그러면서 나는 아무거나 빨리 먹을 수 있는 거로 대충 때우곤 했다.

밤

엄마, 화장실 가고 싶거나 필요한 거 있으면 나 깨워. 잘 자!

응, 너도 잘 자!

나는 엄마의 간호사다. 혹시 엄마의 소리를 놓칠까 봐 긴장하며 밤새 엄마의 숨소리를 듣는다.

나는 엄마의 다리, 손, 요리사,
간호사, 돌봄자….

그런데 나는?

…이게 나라고?
이미 예전 내 모습은
생각나지도 않아….

예전의 나는
어디로 갔을까?
미래의 나는
또 어떤 모습으로 변할까?

자주 두렵고 서글펐다.

2장

돌봄자를 짓누르는 것들

나는 엄마의 손과 발이 되어
돌봄자로서 온 힘을 다해
엄마를 돌봤다.

정말로 그렇게
노력했지만

아….
너무 피곤하다.

방사선과

엄마 검사받는 동안
잠깐 눈 좀 붙여야지.

쯧쯧쯧! 쟤 좀 봐!

낯선 사람들만 그런 게 아니다.
누군지도 모르는 집안 어른도
마찬가지.

네 엄마 왜 저렇게 말랐어?
제대로 돌보고 있어?
식사를 대충 드리는 거 아냐?

억울하다.

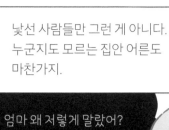

엄마가 입맛이 없어서
못 드세요, 저도 최선을
다하고 있…

젊은 애들은
믿음직하질
않아.

내가 효과 좋은
특효약이 있다고
들었는데….

내 설명은 아무 소용이 없다.
그저 자신이 하고 싶은 말만
할 뿐.

～～～～～
～～～～～

주(註) : 암에는 특효약이
       없으니 반드시
       병원 지시에 따르세요.

그리고 상황을 잘 모르는
친척, 친구들도 거든다.

네 언니가 너무 말랐어.
너도 좀 책임을 나눠야지.
어려서 정말 아무것도
모른다니까.

내가 주돌봄자인데
대체 무슨 말이지?

만약 내가 강하게 항변한다면,
그들은 나를 가징 교육을
못 받은 아이라고 흉볼 거다.

그 말이 엄마 귀에 들어간다면
엄마는 분명 속상하겠지….

그래서 나는 침묵을
선택했다.

상처는 나만 받는 것으로.
그걸로 충분하다.

하지만 사실 나는

그들에게
한마디 하고 싶었다.

그렇게 관심이 많다면
어디 한 번이라도 나 대신
엄마를 돌봐 줘요!
하룻밤이라도!

그렇지만 사실이
말해 준다.

12년 동안 그 긴 밤을
나와 함께한 이는
내 언니뿐이었다.

다른 이들은 한 번도
나타나지 않았다.

그런데 사실 돌봄자를
가장 슬프게 하는 건
남이나 먼 친척의
지적이 아니다.

다음은 독자 A의
경험담이다.

A의 남동생은
결혼한 후

아빠!
저 왔어요!

연로한 부모님을
미혼인 누나에게 맡기고,
본인은 가끔 찾아왔다.

스윽

쯧쯧…

집안이 너무 더러워. 누나, 청소했어?
이런 환경에서 아빠 병이 낫겠냐고!

형제의 질책, 특히 평소 부모님을
돌보지 않는 가족의 지적은
마음을 무너트린다.

가까울수록 상처는
더욱 깊은 법이니까.

돌봄자는 자신의 시간, 수입,
자아, 건강까지 돌봄 생활에
전부를 바친다.

그런데도 가족에게
욕을 먹는다.

아빠를 잘 돌보고 있는 거야?

당신들의 자유와 즐거움은
다른 이의 희생으로
얻은 거라고!
설마 정말 모르는 거야?

하지만 나이는 먹어도
생각은 자라지 않는
이들이 있다.
그들은 정말 모른다.

누나, 나 배고파!
밥 안 줘?

……

혹은 어쩌면 일부러
자라지 않고, 쉬운 길을
선택했을지도 모른다.

가까운 사이일수록 더 깊은 상처를 준다.

그리고 이런 상황을 돌봄자는 가장 두려워한다.

다음은 다른 독자 B의 경험담이다.

B는 위로 오빠 셋이 있는 집안의 외동딸이다.

결혼하고도 연로하신 부모님을 보러 매일 와서 두 분을 보살폈다.

양쪽 집안을 돌보느라 하루하루가 피곤했지만

부모님을 위해 기꺼이 혼자 책임을 짊어졌다.

나중에는 이웃과 친척들도
모두 B를 비난했다.

부모를 학대하는 나쁜 딸이라고.

그러던 어느 날, B는 마침내 그 이유를 알게 되었다.

얘야, 네 여동생이 자꾸
우리를 괴롭혀. 힘들어 못 살겠다.
네가 같이 살면 안 될까?

하, 하지만, 저는 일이
바빠서….

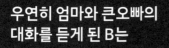

우연히 엄마와 큰오빠의
대화를 듣게 된 B는

가족과 이웃들에게
거짓말을 한 이가 바로
엄마란 걸 알게 되었다!

아들들의 동정심을 얻어
같이 살려는 목적이었다.

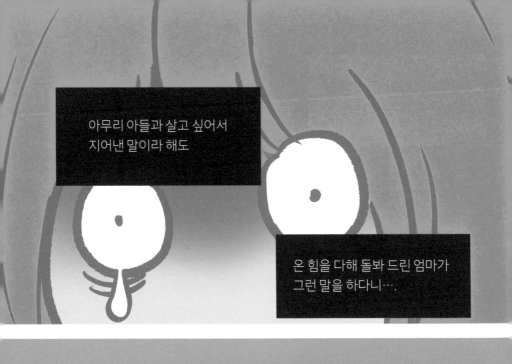

아무리 아들과 살고 싶어서
지어낸 말이라 해도

온 힘을 다해 돌봐 드린 엄마가
그런 말을 하다니….

B는 마음에
깊은 상처를 입었다.

그날 이후,

B는 엄마를 이해하려고 온갖
이유를 떠올리며 자신을
설득하려 했다.

'엄마가 치매일지도 몰라.'

하지만 검사 결과, 엄마는 거동이
불편할 뿐 다른 데는 아무 이상이
없었다.

'그렇다면, 혹시…
오빠들이 중간에서
이간질했나?'

하지만 엄마는 거짓말이
더욱 심해져 삼 형제 사이에도
헛소문을 퍼트렸고,

결국 전부 엄마의 거짓말임을
모두가 알게 되었다.

그렇게 자식들 사이에도 불화가
생겨났고,

**이는 가족 간에
쉬이 메울 수 없는
깊은 골을 만들었다.**

그 후…

B는 더 이상 부모님을
돌보지 않았을까?

그렇지 않았다.
아빠는 여전히 자상하고
따뜻했으니까.

엄마도 늙었고 어쩌면 외로워서
그랬을지 모르니까….
B는 차마 엄마를 버릴 수 없었다.

B는 결국 스스로를 설득했다.

자신을 희생하고 돌봄자가 되기로.

사랑받지 못하는 자식이란 걸 알면서도 말이다.

이 두 돌봄자는 모두 나의 고향 사람이다.

내 고향은 아주 보수적인 전통 사회로, 대부분의 가정이

딸을 억압하는데도 전혀 그것을 인지하지 못한다. 특히 같은 여성 어른들이 더 그렇다.

물론 남존여비 같은 뿌리 깊은 관념은 어려서부터 환경에서 보고 배운 것이니

전부 그 어른들의 잘못 아니다.

몇 세대에 걸쳐 계속 이어져 온 문제···. 심지어 나는 어릴 적에 선생님이 이런 말을 하는 걸 들었다.

남자는 장난도 좀 치고 그래야 나중에 성공할 수 있어!

여자는 너무 똑똑할 필요 없어. 그저 내조 잘하고 아이들 잘 돌보면 돼!

성현들도 다 그렇게 말했잖아. 여자는 재능이 없는 게 미덕이라고!

이는 고문(古文)을 잘못 인용한 것이지만, 당시에 선생님이 그렇게 말했기 때문에 그대로 서술했다.

......

물론 나중에 이런 환경은 점차 변하기 시작했다. 어떻게 변했을까?

나는 부모의 생각을 바꾸게 만든 몇몇 여성을 알고 있다.

그 여성들은 한 가지 공통점을 갖고 있다.

모두 집안의 장녀라는 것.

내가 아는 언니 C.
그녀는 남동생과
겨우 한 살 차이지만

아빠의 대우는
하늘과 땅 차이였다.

어릴 적에 동생은 문구 세트와
장난감을 다 가졌지만,
C는 그렇지 않았다.

저건 너무 비싸.
넌 아빠 사정 좀
헤아려서 이걸 쓰렴!

이건 동생이
쓰던 거잖아….

동생은
지난번에도…

너는 누나잖아!
모범을 보여야지!

동생은 잘못해도
가볍게 혼났지만,
C는 호된 꾸지람을
듣곤 했다.

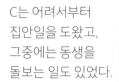

C는 어려서부터 집안일을 도왔고, 그중에는 동생을 돌보는 일도 있었다.

누나! 나 물 줘!

직접 갖다 먹으면 되잖아?

아빠, 걔가 담배를…

넌 왜 동생을 제대로 살피지 않은 거야?

동생의 사춘기마저 전부 그녀가 감당해야 할 몫이었다.

그래서 C는 어른 같은 어린 시절을 보내야 했다.

다행히

주어진 토양이 아무리 척박해도

기어이 제힘으로 발아해
큰 나무로 자라는 이들이 있다.

C는 꺾이지 않는 의지로

훌륭한 어른이 되었고,
모두가 부러워하는
좋은 직업도 가졌다.

결혼 후에도
집에 어려운 일이 생기면
선뜻 도왔다.

동생을 돕고,
부모를 돌보고….

'나는 무조건적인 사랑을 받지는 못했지만,
능력이 있으니 이제 내가 그런 사랑을 주고 싶어.'

C는 결연히
생각했다.

……

다행히 남동생도 철이 들어
누나를 아끼고 존중했다.

둘은 연로한 부모님을 돌보며
서로 의지했다.

하지만 아무리 잘하더라도, 보수적인
환경에서 C는 늘 힘든 말을 들어야 했다.

자주 놀러 오는 이웃은 늘
이런 말을 했다.

아들이랑 같이 살고 싶어.
딸이랑 사는데 딸이 무슨
소용이야.

그건

또 왔군.
저 아줌마는 딸이 돌봐 주는 데도
정말이지….

아니죠!

C는 생각도 못 했다.

아빠에게
이런 말을 듣는 날이 올 줄은.

C는 건강한 관계로 회복된 따뜻한
친정을 얻었고

사랑하는 남편과 아이가 있는
자신의 가정도 만족스러웠다.

모든 것이 꿈만 같은 정말 완벽한 결말

다만, C의 마음 깊은 곳에는 차마
할 수 없는 말이 남아 있다.

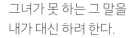

그녀가 못 하는 그 말을
내가 대신 하려 한다.

'사실 내가 원하는 건
사랑이지 존중이 아니에요.'

'내가 정말 필요로 할 때,
왜 그냥 나를 사랑해 주지
않았나요?'

나중에 사랑을
얻게 된 C나

영원히 사랑받지
못한 B나

둘 다 대가를 바라지 않고
가족을 위해 한 행동들이
바보 같겠지만,

나는 완전히 이해한다.
왜냐하면…

엄마를 돌보던 어느 밤.

잠이 안 와?
요즘 네가 통 잠을
못 자는 거 같아.

아…
아니야!

056

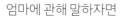
엄마에 관해 말하자면

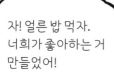
자! 얼른 밥 먹자.
너희가 좋아하는 거
만들었어!

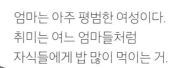
엄마는 아주 평범한 여성이다.
취미는 여느 엄마들처럼
자식들에게 밥 많이 먹이는 거.

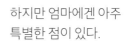
하지만 엄마에겐 아주
특별한 점이 있다.

흠! 네가 부탁하니
어쩔 수 없이 한번 해 줄게.

엄마의 특별한 점은
신문물을 아주 쉽게
받아들인다는 점이었다.

다음 날.

게다가 엄마의 적응력은
최상급으로 금방
청출어람의 결과를 만든다.

엄마, 나 배고파.
저녁은?

쉿! 지금 아주
중요한 순간이야.
잠깐만!

그 시절 우리가 가장 좋아했던 게임은 탱크대전이었다.

오른쪽 그거 없애!

눌렀어! 나한테 맡겨!

나와 엄마는 그 게임을 무한 반복해도 전혀 질리지 않았다.

우리는 그렇게 많은 시간을 즐겁게 함께했다.

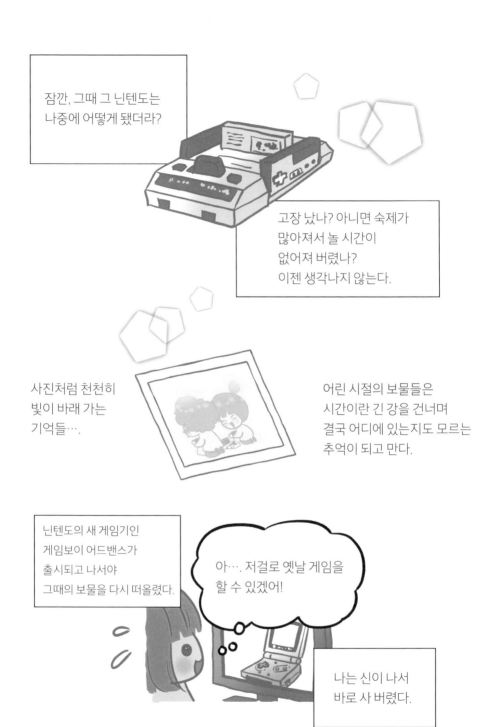

잠깐, 그때 그 닌텐도는 나중에 어떻게 됐더라?

고장 났나? 아니면 숙제가 많아져서 놀 시간이 없어져 버렸나? 이젠 생각나지 않는다.

사진처럼 천천히 빛이 바래 가는 기억들….

어린 시절의 보물들은 시간이란 긴 강을 건너며 결국 어디에 있는지도 모르는 추억이 되고 만다.

닌텐도의 새 게임기인 게임보이 어드밴스가 출시되고 나서야 그때의 보물을 다시 떠올렸다.

아…. 저걸로 옛날 게임을 할 수 있겠어!

나는 신이 나서 바로 사 버렸다.

어떤 의미에서 게임이 엄마의
마음을 지탱해 주었을 거다.

생명을 위협하는 질병과
고통을 마주해야 했던 엄마는
긴 치료 과정을 겪으면서
점점 쇠약해졌지만,

엄마는 한 번도
내 앞에서 울지 않았다.

늘 활짝 웃는 얼굴을 보여 주었다.

엄마는
정말 강한 사람이다.

엄마를 돌보는 동안 내가
슬픔을 견딜 수 있었던 건,
병에 걸린 엄마가 되려
나를 지켜 주었기 때문이다.

내가 엄마를 돌보게 되었을 때,
친구가 물었다.

집에 언니 오빠들도 있는데
왜 그렇게 오랫동안
나 혼자 감당하냐고.

앞에서 말한 이유 외에 정말
중요한 이유가 하나 더 있다.

아!
포병! 포병!

오른쪽에 경사가 좀
있는데 올릴 수 있나?

어떤 말은 나랑 엄마만 알 수 있는 암호라서, 나만이 엄마가 무슨 말을 하는지 이해할 수 있기 때문이다.

나와 엄마는 영원히 함께 싸우는 환상의 파트너니까.

나는 엄마를 사랑하고,
엄마도 나를 사랑하니까.

죽음만이 우리를
갈라놓을 수 있다.

다행히도-

엄마는 10시간이 걸린 대수술로
암을 깨끗이 제거했다.

우리 엄마가 살았다!

엄마의 병으로 나는 난생 처음
인생의 무상함을 느꼈다.

그건 내게 정말 엄청난 충격이었다.

지나고 보니,
그때 내게는 그 시간을
견디게 해 준 버팀목이 있었다.
그건 내 일과 깊은 관계가 있는데…

그때도 나는 시간만 있으면
그림을 그렸다.

나는 만화가로,

병원 복도에 앉아서도 그렸고,

병실에서도 그렸고,

심지어 수술실 밖에서도 그렸다

어쩌면 궁금할지도 모르겠다.
병간호도 힘들 텐데 시간이 나면
쉬지 않고 왜 일을 하는지 말이다.

그건 그림을 그릴 때만
내 주의력이 잠시라도
죽음이 짓누르는 현장을
벗어날 수 있기 때문이다.

적어도 그때만은 내 영혼이 자유로웠다.

그림을 그릴 때 나는 잠시 울음을 멈출 수 있었

너무 아프고 슬퍼서 더는 버티기 힘들 때

그림이 나를 살렸다.

나중에 돌봄자에 대한 여러 책을 읽으며
내가 한 일이 옳았음을 알았다.

돌봄자는 우선 자신을 돌봐야만 한다.
나를 보호하고 안정된 마음을 유지해야만
자신과 가족 모두 지치지 않고 돌봄이라는
긴 여정을 걸어갈 수 있다.

내게는 마음을 다잡아 주는 게
바로 그림이었다.

책을 읽든 영화를 보든 음악을 듣든
게임을 하든 다 좋다.

돌봄자들은 마음의 피난처를
찾아야 한다.

우리 몸은 자유롭지 못해도
영혼만큼은 자유로워야 하니까.

퇴원 후

엄마의 몸은 나날이 좋아졌고,
머리카락도 다시 풍성해지고 살도 붙었다.

엄마가 건강을 회복했기에
돌보는 동안의 고통을
나는 전부 잊을 수 있었다.

그 쉽지 않았던 시간이
모두 긍정적인 추억으로 치환됐다.

돌봄의 여정에서 나도
적지 않은 수확을 얻었다.

낯선 싱가포르에서
엄마와 함께
모든 치료 과정을 마치고,
엄마의 건강까지 회복되었으니!

게다가 엄마와 함께
어려운 길을 걷고 나니
사춘기와 유학을 거치며 생겼던
거리감도 완전히 사라졌다.

길 찾고, 음식 사고,
의사 만나고….

내 영어 실력은 그리 좋은 편이
아니지만, 그래도 무사히
소통한 게 어딘지!

내 능력을 확인하며
자신감도 얻었달까.

우리는 다시 어린 시절의
친밀한 모녀로 돌아왔다.

그리고 그동안 그린 작품으로
말레이시아와 대만 출판사랑 함께 책을
낼 기회까지 얻었다.

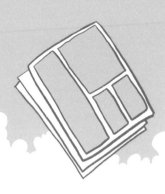

이후 몇 년 동안
평안하고 안정된 생활이
이어졌다.

그 시기, 내게는 건강한 부모님,
새로 알게 된 친구들,
나의 꿈과 독자들이 있었다.
매일 집중해서 맘껏 그림도 그릴 수 있었다.

지금 생각해 보면 그때가
내 인생에서 가장 행복한 시간이었다.

그러나

인생에는 언제나 환영받지 못하는 수많은
전환점이 있다.

이전에 내가 경험한 고통은
그저 맛보기에 불과했던
것일까.

이번이야말로 지옥의
시작이었다.

큰일 났어.
얼른 집으로 와!

때로는 내 인생이 온갖 힘든 일로
가득한 잔혹 드라마 같다는 생각을 한다.

병이 다시 우리 집을
찾아왔다.

'악성 종양'

그렇다. 또 암이었다. 그런데,
엄마의 병이 재발한 게 아니었다.

이번엔 아빠였다.

그것도 암 중에서도
가장 지독하다는 췌장암이었다.

아빠는 6개월도 안 돼서
가장 고통스러운 방식으로
급격히 쇠약해졌고,

내 마음에도 영원히
지워지지 않는 상처를 남겼다.

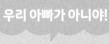

우리 아빠가 아니야!

우리 아빠….

내가 기억하는 아빠는
늘 미소를 짓고 있는
따뜻한 모습이었다.

예쁜 우리 공주님!
자, 안아 보자!

통통한 몸,
든든한 어깨,
기분 좋은 웃음소리와
다정한 표정.

어렸을 때 나는 엄마보다
아빠와 훨씬 더 친했다.

엄마가 집안일로 바쁠 때면
아빠가 나를 돌봤는데…

이 모습이 우리 아빠다.

오전

공주님,
우리 찐빵
먹으러 갈까?

응!

오후

우리 아이스크림
먹으러 가자!

응~

밤

우리 볶음국수
먹으러 갈까?

응~

그래요. 인정!
아빠의 넘치는 사랑
때문에 어린 시절 나는
과하게 통통했어요.

나는 아빠의 보물이었고,

아빠는 나를
무척 사랑했다.

그런데…

3장

다시 돌봄자가 되다

그래, 또 내가.

우리 아빠는

1939년에 태어났다.

영국 식민지 시대와
2차세계대전 때
일본군의 침략을 경험한

아빠의 어린 시절은
무척이나 힘들었을
것이다.

하지만 힘들다고
말하지 않는 그 특성이
아빠의 치명상이 되었다.

그 시대에 태어난 남자는
보편적으로 시대가 만들어 낸
강인한 인성을 갖고 있다.

힘들다고
말하지 않는 건
그들의 특성이다.

췌장암은 초기 증상이
거의 없고, 변비와 복통 같은
증상을 보인다.

아빠가 말하지 않으니
가족들도
알아챌 수 없었다.

아빠 세대의 남자들은
특징이 하나 더 있다.

근검절약하고 신문과 매체를 과도하게
믿는다는 것이다.

아빠는 신문에서 약초로 변비를
치료하는 정보를 보고는 병원에
돈을 쓰지 않고도 나을 거로 생각했다.

그렇게 아빠는
시기를 놓치고 말았다.

혈변을 보고
소화가 안 되고
복통이 심해지고
체중이 급격하게 줄자

병원에서 검사를 통해
췌장암 말기라는 걸
알게 됐다.
너무 늦어 버렸다.

그제야 아빠는 고통스러운 치료를 시작했다.

언니와 나는 번갈아
휴가를 내며 아빠를 모시고
병원에 갔고, 돌봐 드렸다.

하지만 직장인의
휴가에는 한계가
있었고

엄마를 돌볼 때 나는 프리랜서였다.

그래서 시간 배분이 자유로웠고
일을 받지 않으면 최악의 경우
수입이 없을 뿐이었다.

그렇게 마지막에는
다시 나 혼자 남았다.

그런데 아빠가 병이 났을 때
나는 만화를 연재 중이었다.

만화 연재는
몹시도
피곤한 일이다.

나는 하루에 10시간 넘게 일했고,

매번 원고를 보내기 전에는 며칠
밤을 새우기 일쑤였다.

이제 아빠까지 돌보면서 일도 한다?

솔직히 말해 그건
자살 행위와 다름없었다.

게다가 반드시 해야 할 작업량을
해내기는 거의 불가능하니,
그동안 힘들게 쌓은 경력에
심각한 영향을 미칠 수밖에 없다.

하지만…
나처럼 병상 옆에서
일할 수 있는 사람은
없었다.

엄마,
학원비.

언니는 집에
어린아이들이 있고
들어갈 돈도 많은데,
언니더러 일을
그만두라면?

그래…. 그럼 또 내가 해야지.

나는 가족을 무척 사랑한다.
나를 희생해서라도 그들을 지켜 주고 싶었다.

엄마는 아직 회복 중이었고
오빠들은 이번에도 열외여서

딱히 다른 방도도
없었다.

나는 내가 병든 부모님을 돌보는 게
당연하다고 생각했다.

막내라서 가족들의 사랑과 관심을
한몸에 받고 자랐으니 보답하고 싶었다.

하지만 이런 생각은 어느 날 흔들렸다.

큰오빠가 아빠를 뵈러
집에 온 날이었다.

나 왔어!

오빠들은 자주는 아니었지만
가끔씩 집에 들러 아빠를
보고 가곤 했다.

큰오빠가 와서
너무 잘됐다.

아빠를 돌봐 줄 테니
잠시만 쉬어야지.

당시 나는 오래 아빠를
돌보느라 너무 지쳐서
정신도 체력도
거의 바닥이었다.

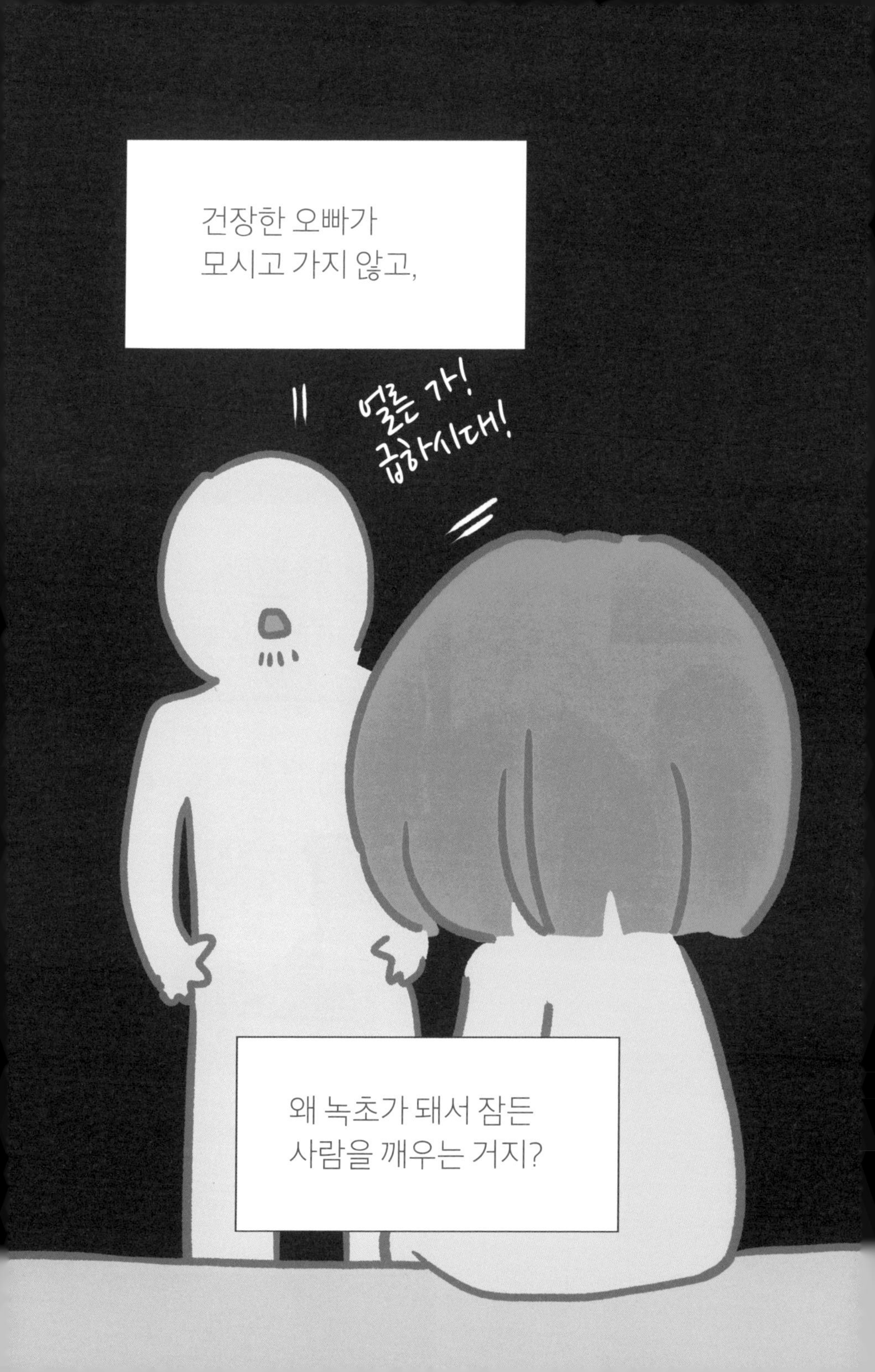

건장한 오빠가
모시고 가지 않고,
얼른 가!
급하시대!
왜 녹초가 돼서 잠든
사람을 깨우는 거지?

언니는 집에 오면 내가
쉬도록 바로 아빠를 돌봤다.

주돌봄자라 늘 잠이 부족한 나를
안쓰러워했기 때문이다.

그런데

얼른 일어나서
아빠한테 가 봐.

오빠는…
그렇지가 않았다.

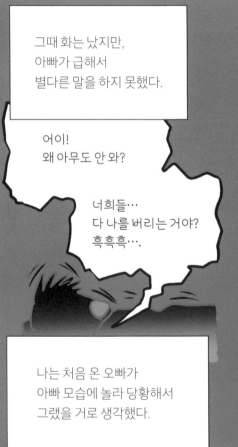

그때 화는 났지만,
아빠가 급해서
별다른 말을 하지 못했다.

어이!
왜 아무도 안 와?

너희들…
다 나를 버리는 거야?
흑흑흑….

나는 처음 온 오빠가
아빠 모습에 놀라 당황해서
그랬을 거로 생각했다.

큰오빠는 집에 오는 날이
많지 않았다.

1년 동안 온 날을 다 합쳐도
일주일이 되지 않았다.

나는 정말 모르겠다.
아빠는 자식들을 몹시 사랑했다.

나와 언니가 있는 힘껏
부모님을 돌보는 것만 봐도 알 수 있다.

우리 다 부모님을 사랑하기 때문
기꺼이 두 분을 돌보는 거다.

큰오빠는 두 분의
첫아이다.

분명 아빠 엄마에게
넘치는 사랑을
받았을 텐데 말이다.

결국 아빠가 췌장암을 확진받고
돌아가실 때까지 큰오빠는 단 세 번
찾아왔다.

세 번째에는 장례식에서,
장남으로서 식을 주관했다.

그때가 집에 가장 오래 머문 날이었다.

큰오빠는 나보다
열한 살이 많다.

솔직히 내가 사는 사회에서

오빠 연배의 남성들은
대부분 무뚝뚝하다.

눈으로만
보고 있음.

나보다 다섯 살 많은
작은오빠는 그래도
다정한 편이었는데

가장 기억에 남는 건 작은오빠가
처음 아빠를 보러 왔을 때,
아빠가 화장실에 가려 했는데…

같이
인도 레스토랑
가자.

부모님이 건강하실 때는
항상 집안 행사에 왔고
비용도 부담했다.
언니와 나랑도 사이가 좋았다.

아빠, 제가
부축할게요.
조심하세요.

102

작은오빠가 아빠를 맡으며 나를
도왔던 장면이다.

그때 내가 얼마나 기뻤는지
아직도 기억한다.

하지만…

저녁이 되자 오빠는
2층으로 올라갔다.
가장 힘든 밤샘 간호를
내게 맡기고 말이다.

작은오빠는
말했다.

일을 갖고 왔어.
내일 집에서도 일해야 해서
먼저 잘게.

나도 집에서 일하는데….

내가 시간을 쪼개 일하는 거,
오빠도 알고 있잖아?

게다가 오빠는 자주 친구들을
만나러 나가곤 했다.

잠깐 나갔다 올게.
부탁한다.

일이 정말 그렇게 바쁜 거 맞아?

오빠는 겨우 사흘 다녀갔지만,
나는 집에서 온종일
아빠만 돌보고 있는데.
며칠 밤이라도 돌아가며
돌보는 게 그렇게 어려운 걸까?

정말이지 나도 너무 밤에
자고 싶었다.
정말 버티기 힘들었다.

왜… 매번 나만 이렇게
힘든 걸까?

왜 오빠들은
너무 당연하게

조금 도운 걸로
자신의 도리를 다했다고
생각할까?

마지막에 일어난 일은 정말
너무 견디기 힘들었다.

긴 휴가를 얻은 작은오빠는
집에 오지 않고 곧바로
유럽 여행을 떠났다.
내가 집에서 밤낮없이
아빠를 돌보던 때였다.

돌봄의 부담을 한 사람에게만
전가하는 건 가혹한 일이다.
그걸 당연히 여겨선 안 되며,
다행으로 여겨서도 안 된다.

가족이라면 응당 자기 몫의 책임을
다하도록 협의와 조율이 필요하다.
우리 집도 부모님이 건강할 때 미리
의논해 뒀더라면 얼마나 좋았을까?

한 사람의 인생이 걸린 문제이기도 하지만,
가족애를 지키기 위해서라도.

4장

죽음을 마주하다

아마 궁금할 것이다.
오빠들이 저러는데

엄마는 왜 나서지
않았을까, 하고.

하지만 엄마는 원체
싫은 소리를 못 한다.

어렸을 때부터 지금까지
나는 엄마가 화내는 걸
본 적이 없다.
언제나 우리에게 다정했다.

엄마는 피곤해하는
나를 늘 보고 있었다.

오늘 밤은
내가 아빠를
돌볼 테니 좀 쉬어.

게다가 엄마는 아마도
다 큰 남자를 혼낼 용기가
없었을 것이다.

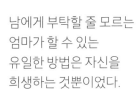

남에게 부탁할 줄 모르는
엄마가 할 수 있는
유일한 방법은 자신을
희생하는 것뿐이었다.

......

괜찮아!
나 아무렇지 않아.

엄마는 폐암 수술로
갈비뼈 네 개와 폐 일부를
절제했다.

몸이 전 같지 않아
자주 누워 쉬어야 했다.

간신히 살아난 엄마가
고생하는 모습은
내가 절대 볼 수 없었다.

게다가 엄마는 증조모,
조모, 외조부, 외조모까지,
네 분을 다 돌보셨다.
이미 그렇게 고생했는데

이제 아빠 병간호까지
맡긴다면
내가 과연 자식일까?

사실 그때 나는
전혀 괜찮지 않았다.

하지만 당시 나는 누구에게도,
심지어 언니에게도 도와 달라
말하지 못했다.

지금 생각해 보면 그때
나는 이미 마음의 병을
앓고 있었다.

슬픔과 분노로 가득한
어두운 감정에 묶여서
꼼짝도 할 수 없었다.

임종이 다가오는 아빠의 변화는
정말 너무나 무서웠기 때문이다.

우리 아빠는…

건강하고 늘 밝게 웃는
명랑한 분이었다.

하지만

암을 확진받고 변하기
시작했다.

먼저 몸에 변화가 일어났다.
미각을 잃어 아무것도 드시지
못했는데 특히 고기가 그랬다.

욱….

가끔 드시고 싶은 것을 말하면 나와 언니는 바로 만들어 드리거나 사 왔다.

그게 너무 먹고 싶다….
그 맛이 그리워….
그거라면 먹을 수 있을 거 같아.

알았어! 내가 얼른 만들 테니 잠깐만!

아빠! 다 됐어! 얼른 드세요!

냄새가 좋구나!

욱….

우웩!

아빠는 의지와 달리 음식이 입에만 들어가면 구역질이 나서 넘기지 못했다.

의사가 영양 보조제를 처방했지만
얼마 먹지 못했고, 구토 억제제도
아무 소용이 없었다.

배는 고픈데 먹을 수는
없으니 배고픔의 고통이
계속되었다.

아빠는 급격하게 살이 빠졌고,
얼마 안 가 뼈와 가죽만 남았다.

**암은 그런
것이었다.**

나는 그 모든 것을 지켜보면서
아무것도 할 수 없었다.

말기 암은 환자뿐 아니라
돌봄자에게도 큰 고통이었다.

오랫동안 영양 부족을 겪으면
어떻게 될까?

물을 마시는 아주 작은
동작에서부터 알 수 있다.

처음에는 오래 누워 있다가도

그러다 음식을 먹을 수
없게 되면서부터

침대맡에 둔 보온병에서
물을 따라 평소처럼
언제든 혼자 마실 수 있었다.

아빠는 보온병 뚜껑을
돌리지 못했고,
컵을 들려고 일어나는
것도 힘들어했다.

그래서 나는
빨대가 달린 컵을 사서
베개 옆에 두었다.

작은 뚜껑만 열면
빨대로 물을 마실 수
있도록 말이다.

스스로 물을 마신다는 건
아빠에겐 아주 중요한
일이었다.

혼자 물도 마시지
못한다면, 아빠에게는
삶이 끝나간다는
의미니까.

아빠는 정말 살고 싶어 했다.
죽음으로 가는 현실을 아빠는
받아들이려 하지 않았다.

하지만…

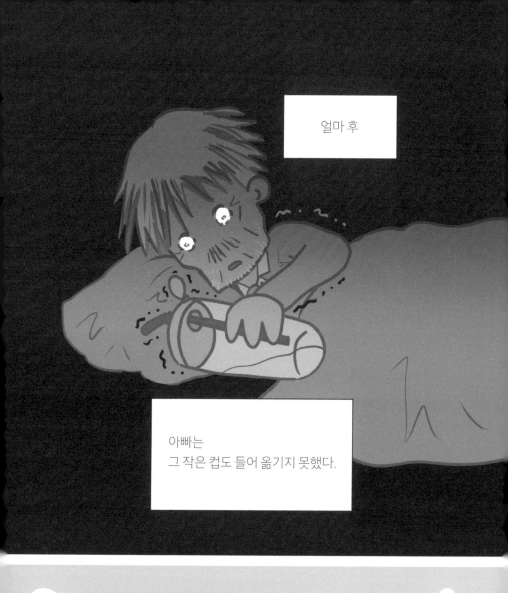

얼마 후

아빠는
그 작은 컵도 들어 옮기지 못했다.

나는 그 오후를 기억한다.

내가 방으로 들어가니 아빠가 물을
먹여 달라고 했던 그날 오후를.

아빠의 침대는 물을 마시려
버둥거리던 아빠의 침으로
온통 젖어 있었다.

공기 중에 남아 있던
무겁고 축축한 냄새.

물 냄새….

땀 냄새….

토사물 냄새….

어쩌면 배설물 냄새도 섞여 있었을까.

그건 바로 죽음의 냄새였다.

아빠는 그날, 몸을 스스로
컨트롤하는 능력을 잃었다.
그리고 마지막 희망도
잃었다.

점점 짧아지는 빨대

아빠는 우리 집안의 슈퍼맨이었다.

여보! 뚜껑이 안 열려!

이리 줘.

아빠, 내 탄산수도.

아빠는 모든 물건을 아주 쉽게 열고 들고 옮겼다.

엄청 무거운 물건도 번쩍 들어 올리고

정말 못 하는 게 없었다.

자, 가스통 갈자!

자, 용접해서 새 철문을 다는 거야!

닭 요리는
아빠에게 맡겨!

이런…. 엄마한테
쫓겨났어. 우리 만화책
사러 갈까?

여보. 괜히 일
벌이지 마….

좋아!

물론
결과가 신통치 않은 때도 있다.

다음에 아빠가
네 만화책 넣을
책꽂이 만들어
줄게.

와~ 정말?
고마워 아빠!

아빠는…
나의 슈퍼히어로였다.

하지만

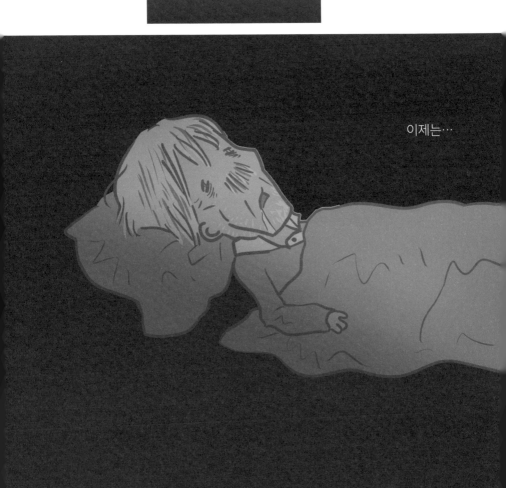

이제는…

…싫어.
못 먹겠어….

…응. 알았어.

지금 나의 슈퍼히어로는
음식을 씹을 수 없어
빨대를 이용해야만 한다.

게다가 폐 기능도 약해져서
빨대를 짧게 잘라야만
겨우 빨아 당길 수 있었다.

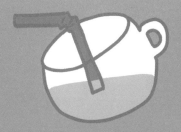

빨대가

이렇게 점점 짧아져 갔다….

점점 짧아지는 빨대가

마치 아빠의 생명 같았다.

오래전부터 나는 어른이 되었으니
아빠에게 기댈 필요가
없다고 생각했다.

그런데 그제야 알았다.

사실 아빠는 언제나
내 마음속의 버팀목이었고,

그런 아빠가 이제는 정말로
나를 떠나려 한다는 걸….

돌봄자의 끝없는 밤

병세가 악화하면서
아빠의 눈은
빛을 견디지 못했다.

아빠는 아주 작은 빛도
힘들어했다.

그래서 우리는 아빠 방의 창문을 완전히 가렸다.

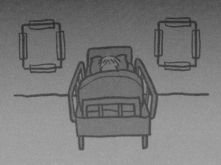

방문 밖에 복도와 거실
창문도 전부 가렸다.

온 집안이 그렇게
끝없는 밤으로
들어갔다.

125

그리고…

돌봄자인 나도 함께

그때부터
어둠 속에 갇혀 버렸다.

같은 시기, 아빠는
내가 한 방에 있는 걸
원하지 않고
혼자 있고 싶어 했다.

그래서 어쩔 수 없이
밖에서 지켜야 했는데

이렇게 되니
음악을 들을 수가
없었다.

아빠가 부르는 소리를
들어야 하는데
전처럼 눈으로 확인할
수가 없기 때문이다.

음악은 내게
가장 소중한
방어막이었다.

음악을 듣다 보면, 아빠를
돌보며 느낀 어두운 감정들이
저만치 멀어지곤 했다. 그러면
잠시나마 쉰 것 같았다.

그런데 이제 방어막도 사라졌다.
햇빛도 사라졌다.

어둠 속에 오도카니 앉아
나 혼자 기다리고 있다.

아빠는 이제 보조식도 거의 먹지 못한다.
이제 정말 시간이 얼마 남지 않은 거겠지?

어쩌면 저렇게 고요히 누워 있다가
어느 날 조용히 가실지도 모르겠다.

나도 그럴 줄 알았다.

텔레비전이나 영화에서 묘사한
죽음이 다 그랬으니까.

하지만 정말 무서운 일은
그때 일어났다.

무거운 어둠 속에서…

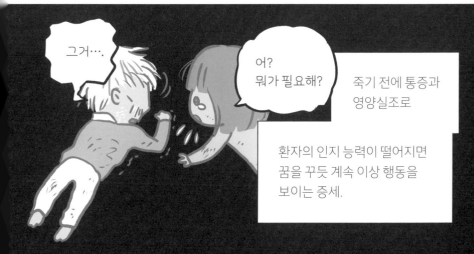

아빠! 언니가 애들 데리고 집에 갔어. 걱정 마요!

가…. 가야 해.

섬망이 일어나면 무슨 말을 해도 듣지 않는다.

직접 아이들을 보기 전까지는.

나는 언니한테 전화해서 애들을 데리고 집으로 오라고 했다.
그리고 집에 도착한 언니와 같이 아빠를 침대에 누였다.

상황이 다 정리되고서야 나는 다리를 다친 걸 알았지만

아빠의 섬망 증세가 점점 잦아지고 심각해져서 치료할 겨를이 없었다.

어떻게 날 잊을 수 있어?

아빠의 섬망 증세가 일어난 그때부터
내 몸도 경고 신호를 보냈다.

원래 호흡기가 약했던 나는
피곤이 가중되자
과호흡 증상이 심해졌다.

콧속에도 염증이 생겨 숨을
쉬는 것도 쉽지 않았다.

늘 멍한 머리, 침침한 눈,
극심한 두통으로 피곤한 몸은
천근만근이었다.

누가 나를 구해 줄까….

언니가 자주 와서 도왔지만
잠을 잘 수가 없었다.

자려고 누우면 호흡 곤란으로
깼기 때문이다.

나는 정말이지…
이미 한계였다.

아빠에겐 내가 필요했다.

으…
너희들 뭐야?
저리 가!

아빠!
왜 그래?

내 몸이 아무리 힘들어도
아빠가 부르면 나는 벌떡
일어나 달려갔다.

으…
아아악!!

하지만

너! 너는 왜 저런
이상한 사람들을
집에 들여?

너… 너희는
누구야? 나가!
꺼져!

섬망 상태의 아빠는
허공에 대고 화를 내곤 했다.

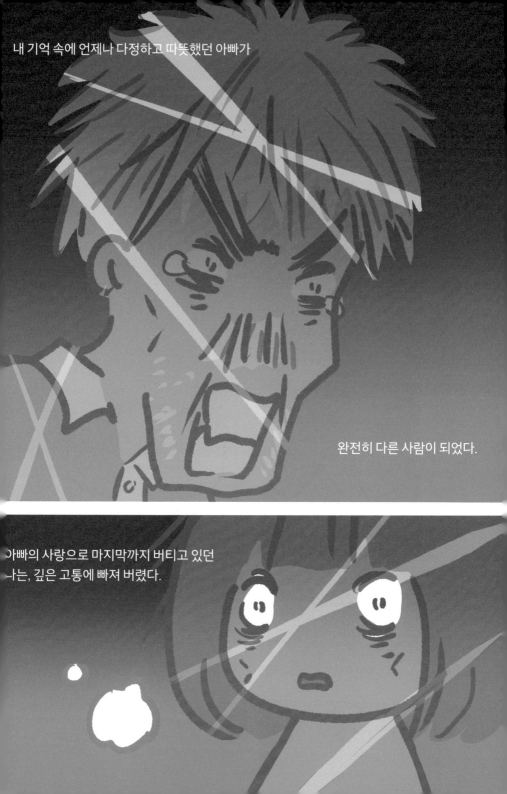

그때부터

으아아아!

아빠, 왜 그래?

왜 아무도 없어!
내가 부른 지가
언제인데
왜 이제 와?

바로 왔는데…

쓸모없는 것! 내가 얼른
죽길 바라지? 그렇지?

아마도 아빠는 죽음에 대한
공포로 인해 누가 자기를
해하는 환상을 봤을 것이다.

…….

아빠의 모든 칼끝이
나를 향했다.

그래도 나는 아빠를
원망할 수 없었다.

약 먹을 시간.

안 먹어!

진통제를
먹지 않으면 아파.

안 먹는다고!
나는 죽을 거야!
죽을 거라고!

아빠는 지금 인생에서 가장
두려운 일을 경험 중이다.
생명을 잃어 가고 있으니까.

잠시 후-

아파!
아파 죽겠어!

아까 왜
약을 안 줬어?!

약도 먹이지 않고
뭐 하는 거야?!

나를 죽이려고?

…….

췌장암은 엄청난 고통을
준다고 하니, 아빠는 분명
너무 아팠을 것이다.

그래서 나는
아빠를 이해한다.

아빠, 물.

응….

하지만

나는 성인이고
사회생활도 제법 해서

하지만 지금은 남이
아니라

내 아빠다. 내가 사랑하는 아빠.

남의 불합리한
지적이나
부정적인 영향을
무시하는 법은
이미 배웠다.

그래서 아빠가 하는
모든 말이 내게는

**송곳처럼 아프게
박혔다.**

아빠···.

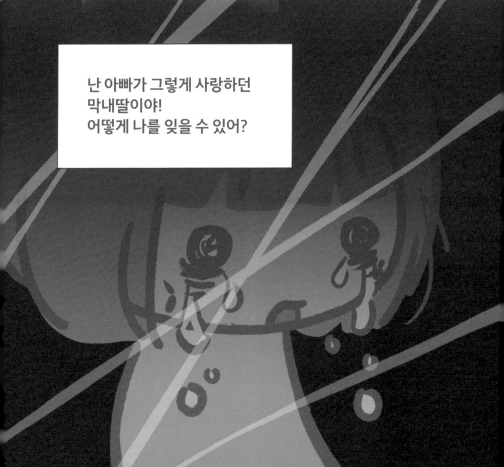

난 아빠가 그렇게 사랑하던
막내딸이야!
어떻게 나를 잊을 수 있어?

고통의 심연

아빠의 섬망 증세는
좋아졌다 나빠지기를
반복했다.

그러다 정신이 들면
거의 말이 없었다.

섬망증세가 오면 아빠는 화가 나서
내게 욕을 하거나
다친 짐승처럼 울부짖었다.

나는 정말 묻고 싶었다.
아빠, 나 기억해?

하지만 나도 침묵했다.

몸도 힘들고 마음도 다쳐서
아무것도 시도할 힘이 없었다.

그 이후의 날들

이빠는 점점 더 힘들어했고,
계속 덥다고 했다. 우리는 집안의
모든 에어컨을 최고 풍속과
최저 온도로 설정했다.

그렇게 해도 아빠는 여전히 더워했다.

나중엔 존엄마저 포기하고
옷 입기를 거부해서 기저귀
한 장만 걸친 채로 지냈다.

아직도 기억한다.
그날 저녁 무렵-

나를 도우러 왔던 언니가
급한 일이 생겨 돌아갔다.
막 샤워를 마친 나는
머리 말릴 새도 없이
1층으로 내려가
아빠를 돌봐야 했다.

혼자 복도 의자에
앉아 있으려니

차가운 에어컨 바람이
젖은 머리로 불어닥쳤다.
너무 추워 머리가 아팠고,
숨쉬기도 힘들었다.

머리를 말리러 가고 싶었지만,
혹시 내가 없을 때
아빠가 부를까 그럴 수 없었다.

말리고 오자.
내가 바로 가도 어차피 욕할 텐데.

잠시 있다 오자.

그렇지만…

날은 점점 어두워졌다.

안 그래도 어두운 집이
점점 더 깊은 어둠 속으로 빠져들었다.

나는 꼼짝도 할 수 없었다.
마치 보이지 않은 쇠사슬에 묶인 것 같았다.

지옥이 정말 있다면
나는 내가 있는 곳이
지옥 중 하나라 생각했다.

슬픔, 두려움, 아픔이
아빠를 집어삼켰고,
나를 집어삼켰다.

우리를 이곳에서 구해 줄 이는
아무도 없었다.

저 작은 벌레도
나보다는 자유롭고
행복해 보였다.

그날들을 나는
어떻게 견뎌냈을까?

아무리 떠올려 봐도
전혀 생각나지 않는다.

멍하고 흐릿하고 모호한 감각….

검은 수렁이
나를 감싸고 있었다.

나는 보고 있지만
전혀 볼 수 없었고,

듣고 있지만
아무것도 들리지 않았다.

그 뒤,
내가 기억하는 것은

아빠가 자신의
신분증과 지갑을 달라고 했다.

정신이 들면 아빠는
신분증과 지갑을 품에 안고
계속 들여다보았다.

그렇게 해야
안심이 되는 듯했다.

물자가 부족한 시대를
살았던 아빠는 살기 위해
갖은 고생을 했다.

그래서 돈만 있으면 살 수
있다는 생각이 아빠 속에
깊이 박혔을지 모른다.

'정말 살고 싶다.'

알고 있다.
아빠는 지금 소리 없이
외치고 있는 것이다.

나는 아빠의 행동을 이해하면서도
슬픔을 참기는 어려웠다.

때때로 아빠의 모습은
지옥도 속에서 형벌을 받는
고독한 영혼처럼 보였다.

게다가 그 지갑이

나중에 사건을 일으켰다.

그날.

나는 여느 때처럼 숨쉬기가 힘들고
머리가 아팠다.

익숙한 검은 수렁에 둘러싸인,
아무 느낌 없는 날이었다.

나는 그냥 그렇게 무감각하게
끝까지 갈 수 있을 것 같았다.

아빠가 욕을 해도
이제는 습관이 돼서
아무렇지 않았다.

야! 야!

하지만, 그날은

아빠가 나를 부르는 어투가
평소보다 훨씬 더 격했다.

왜요?

내 지갑….
내 지갑!

......

그때 알았다.

사람의 마음이란
부서지고 나서도

또 부서지고 부서져
가루가 될 수 있다는 걸.

그때 나는 이미 아빠가
섬망 때문에 그러는 건지,
아빠의 잠재의식 속에서 나는
원래 그런 존재인 건지
분별할 수 있는 상황이 아니었다.

어떡하지…?
어쩌면 좋지?

나는 그냥 뒤돌아 나가고 싶었다.

하지만 흥분한 아빠가
혹시라도 침대에서 떨어질까 봐

나갈 수가 없었다.

돌봄자인 나는…

나는 그저 참아야 했다.

이번 일이 내 마음에
얼마나 큰 구멍을 냈든 상관없이.

당신이 딸을 얼마나 괴롭히는지 알아? 제발 부탁인데 정신 좀 차려요!

온순한 엄마가 아빠한테 큰소리를 친 건 그때가 처음이었다.

……!!

그 순간-

아빠는 정신이 든
것처럼 보였다.

아빠의 혼탁한 두 눈이 맑아지더
예전의 자상한 눈빛으로
돌아간 것 같았다.

아빠···

하지만, 순식간에 다시
변했다.

다시 험악한 표정으로
돌변하더니 분노에 찬
눈으로 나를 노려보았다.

나는

저런 아빠를 더는 돌볼 자신이 없었다.

정말 계속해 나갈 힘이
남아 있지 않았다.

아득히 먼 약속

그날 이후

회사에 휴가 냈어.
내가 아빠를 돌볼 테니
넌 우선 너희 집으로
돌아가 쉬어.

언니가 갑자기
그렇게 말했다.

힘들지?

아니… 괜찮아.

언니 걱정에
늘 그렇게 말했지만

내가 아무리 그렇게 말해도

그때 내 모습을 보면 누구든
내가 이미 한계라는 걸 알 수 있었다.

괜찮아. 돌아가!

…정말?
나, 우리 집에
돌아가도 될까?

그날 밤 나는 비행기표를
끊었고, 아빠는 언니에게
맡겼다.

그리고 2층에 올라가서
깊게 잠이 들었다.

어렴풋이,

나는 아주 길고

긴 꿈을 꾸었다.

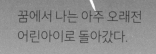

꿈에서 나는 아주 오래전
어린아이로 돌아갔다.

큰일 났다.
영어 숙제를
안 갖고 왔어!

그 당시 선생님은
정말 무서웠다.

망했다! 분명 회초리로
종아리 때릴 거야.

손바닥이랑 손등도,
손가락도.

어떤 선생님은 변태였다.

공중전화가 있던 시절

슈퍼맨!
슈퍼 아빠!

내 말 들려?
나 영어 숙제를 안 갖고 왔어.
얼른 나 좀 구해 줘!

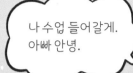 나 수업 들어갈게.
아빠 안녕.

 안녕.

아빠….

나중에 그런 날이 오면 내가 약속 꼭 지킬 거야.

지금.

…지금이 바로 그날이야!

여기 남아서
아빠를 지켜야 해!

아빠의 체력은 계속 떨어지고 있었다.

사실 최근엔 섬망 증세도 점점
적어지고 있다.

내가 지금 떠나면
다시 못 볼지도 모른다.

나는 이런 이별은
하지 않을 거야!

적어도 이런 상황에서
상처와 아쉬움을 안고
헤어질 수는 없어.

그래서 나는
계획을 바꾸고
남기로 했다.

몸과 마음을 좀 추스르고 나서,
언니와 함께 계속
아빠를 돌보기로 결심했다.

왜냐하면

나는 지금도 잊지 않고 있으

아빠가 나를 사랑하고
나도 아빠를 사랑한단 사실을.

6장

스스로를 잘 돌보기

전투 자세를 바꾸다

남은 날들 동안 아빠와 계속 함께하기 위해서

나는 지금 내 마음을 다스리고 있는 방법들을 살펴보았다. 그림 그리기, 독서, 영화, 음악….

그러다 새로운 사실을 발견했다.

전부 너무 정적인 활동이었다.

오랫동안 집에 있다 보니 운동 부족으로 내 몸은 점점 무겁고 무력해졌다.

그래서! 몸을 움직이는 활동을 해 보았다.

몸이 무거우면 정서에도 영향을 미치고, 가만히 앉아만 있으면 온갖 부정적인 생각이 머리를 가득 메운다.

언니도 같이 있으니 우리가 함께할 수 있는 것으로. 그게 뭐냐면…

운동 전에 먼저
스트레칭부터 하고.

자매 스트레칭

자매 타바타

각종 타바타도
아주 좋은 선택이다.

자매 요가

요가는 몸을 이완시키니
모두에게 추천!

엄마도 조용히 참가했다.

운동을 통해 몸의 존재를 깨닫자
그제야 느낄 수 있었다. 내가 살아 있음을.

환자가 점점 쇠약해지고 죽어 가는
모습을 보다 보면 돌봄자는 슬픔과
무력감에 빠지고, 자신을 잊게 된다.

내겐 힘이 있어.

앞으로도 내 일을 할 수 있는
능력이 충분해.

나는 절대 지지 않아!

마음이 가라앉을 때
이 방법들은 아주 유용했다.

운동은 자아를
찾아가는 첫걸음이다.

운동 외에도
또 좋은 활동을
하나 소개하자면,

자매 뷰티숍

활기차 보이도록 외모를
가꾸는 일도 아주 중요하다.

사람의 마음은 사실
단순하다.

외모를 깔끔히 정리하는
것만으로도 자신감이 생긴다.

자, 이제 준비 다 됐어!

자신을 먼저 잘 돌본다는
그 힘이 기초가 되어야

단
장
중~

우리는 계속 나아갈 방법
찾을 수 있다.

엄마도 역시 조용히 따랐다.

마지막으로, 내가 간병하는 동안
찾아낸 나를 지키는 방법을 소개하겠다.

이건 집순이 경력이 풍부한 사람이
잘 해낼 수 있는 건데

그건 바로…

짜잔!

임무 노트.

자신을 돌보는 임무를
전부 적은 다음, 게임 속
영웅처럼 매일 하나씩
그 일들을 완성하는 것이다.

매일의 내 임무는 사실
겨우 이 정도다.

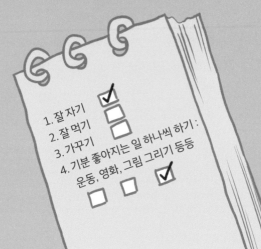

이 임무들은
아주 쉬워 보이지만

돌봄자는 종종
인간이 할 수 있는 가장 쉬운
일조차도 하기 어렵다.

피곤과 슬픔이 가득할 때
사람은 벗어날 수 없는
수렁에 빠지고, 자신을 위해서는
아무것도 하지 않는다.

하지만 그럴수록
더 움직여서 임무를
완성해야 한다.

그 자리만 맴돌면
아무것도 바뀌지 않고
점점 더 슬퍼질 뿐이다.

밀폐된 작은 방에 오래 갇혀 있으면
공기는 점점 혼탁해지고
사람도 무력해지니까.

일어나 창문을 열고 새로운
공기가 들어오게 해야
주의력을 돌릴 수 있다.

내겐 슬픔만 있는 게 아니라,
자신을 돌볼 힘도 있음을
떠올려야 한다.

그러니 일어나 움직여라!
운동을 하든, 무엇이든 다 좋으니까

가만히 앉아 있지만 말자.

사랑하는 사람이 얼마 후 세상을 떠난다면…

그를 위해서라도 자신을 아끼
사랑해야 한다.

그도 분명 내가 그러기를 바랄 테니까.

내가 성공적으로 내 정서를 다스리는 동안
아빠의 병세는 새로운 단계에 들어갔다.

잠자는 시간이 점점 길어졌고,
깨어 있는 시간에도 목소리를 들을 수 없었다.

이별의 날이 점점
다가오고 있었다….

아빠가 곧 떠나려 한다.

죽음에 대해 내가 본 책에는
이렇게 쓰여 있다.

이 단계에선 아빠에게
하고 싶은 말을 전부 다 하라고
그래야 제대로 이별할 수 있다고.

내가 아빠에게 가장 하고 싶은 말은 무엇일까.

아빠. 사랑해.

아무리 생각해도 그 말밖에 떠오르지 않았다.

하지만 나는 그 말을 끝내 뱉어내지 못했다.

앞에서 나는 여러 번 아빠를 사랑한다
아빠도 나를 사랑한다고 썼지만

우리 사회에서 사랑한다는 말을
직접 한다?

그러기는 쉽지 않다.

적어도 우리 집에서는 그렇지 못했다.

> 날이 춥다.
> 외투 입어야지.

사랑은 온갖 관심 어린 행동으로 대신 할 뿐,
입으로 뱉어내는 말이 아니었다.

우리 아빠 엄마도 내게 사랑한다고
직접 말한 적이 없다.

게다가 아빠와 나는 어렸을 때는
아주 친했지만

내가 사춘기를 겪고,
성인이 돼 집을 떠나면서
우리는 조금씩 멀어지고
어색해졌다.

아직도
기억한다.

아빠 요즘 어때요?

아,
아주 좋지.

......

매번 집으로 전화할 때,
아빠가 받으면 우리는 무슨
말을 해야 할지 난감했다.

서로 안부를 묻고는
더 할 말이 없었다.

아빠는 무안해서 얼른
엄마에게 전화를 넘기곤 했다.

아빠… 미안해.

내가 살가운 아이였다면 그때 아빠랑 더
많은 이야기를 나눴을 텐데.

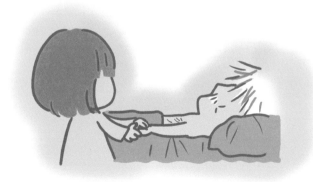

아빠⋯. 미안해⋯.

내가 더 용감한 아이였다면
아빠한테 먼저 손을 내밀었을 텐데.

아빠⋯. 미안해⋯.

아빠의 침대 곁에 있을 때 나는
이런 말들을 하나도 하지 못했다.

앞으로 또 기회가 있고,
시간이 많이 있을 줄 알았다.

아빠 사랑해!

하늘에서 내가 아빠를 위해
그린 만화를 꼭 보고 있길 바라….

7장

안녕이라 말하기

사랑하는 가족에게

아빠는…

햇빛 찬란했던 오후에
떠났다.

그때는 언니가
당번이었다.

언니는 아빠가 아주
평안하게 떠났다고 했다.
마지막 순간까지 언니가
아빠의 손을 꼭 잡고
있었다고 했다.

아빠가 떠나고 나서야
언니는 올라와 자고
있던 나를 깨웠다.

아빠 곁을 떠날 수가
없어서, 나를 부르지
못했다고 했다.

내가 내려갔을 땐

아빠는 이미 떠닌 뒤였다.

오랫동안 아빠를 돌봐 왔는데도…
아빠와 이별하는 마지막 순간에는
그 곁을 지키지 못했다.

장례를 치른 뒤, 지친 몸과 마음으로
나는 마침내 내 집에 돌아왔다.

그리고 길고 긴

잠에 빠졌다.

어렸을 때 살던 집 같은데!?

와… 너무 그리워.
학교 다니기 전에 이 집에서
이사 갔는데. 왜 이리로 왔지?

그런데…

집이 커진 것 같아.

방도 많아졌는데?

저쪽에서 무슨 소리가 들려. 무슨 공사를 하는 것 같은데. 누구지?

휴우, 휴우,
정말 바쁘다!

아!

내가 이걸 어째서 잊고 있었지?

옛날 집이니까,
그렇다면 분명…
분명 여기 있을 거야!

이야, 오늘 날씨 정말 좋은데!

꿈속의 아빠는 마르지도 않았고
병색도 없었다.

건강할 때 모습 그대로

바쁜 아빠는 힘이 넘쳐 보였다.

내가 가장 좋아하는 아빠의 모습⋯.
원래의 아빠 그대로였다.

나는 아빠랑 정말 많은 이야기를 하고 싶었고,
꼭 안고 싶었다.

하지만 꿈에서 나는 움직일 수 없었고,
아빠도 나를 못 보는 것 같았다.

나는 아빠가 일하는 모습을 보고만 있었다.
어렸을 때 이것저것 만들던 아빠의 모습을
지켜볼 때처럼.

아빠와 함께 있으니 됐다.
그것으로도 충분했다.

그렇게 꿈속의 시간은 천천히 흘러갔다.

아무리 아쉬워해도
이 꿈도 끝이 난다는 걸
나는 알았다.

그런데 깨기 전에 나는 문득 깨달았다.

나중에 어느 날,
나도 이 세상을 떠나면…

어쩌면 이곳이 내 영혼이 가장 먼저
올 곳이라는 생각이 들었다.

이곳에 아빠가 있으니까.

아빠는 지금, 나중에 우리 가족이
다 함께 모일 집을 짓고 있는 거다.
오래전에 그랬던 것처럼.

아빠!

그때가 되면 아빠를 꼭 안아 줄게.

그리고 큰 소리로 말할 거야.
사랑한다고!

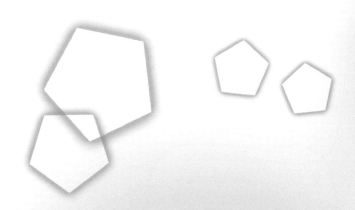

그날이 오면, 우리 꼭
다시 만나!

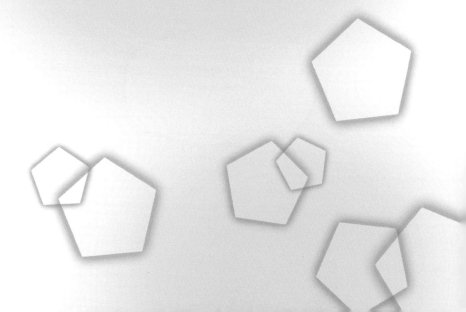

끝까지 읽어 주셔서 감사합니다.
마침내 아빠를 돌본 이야기를
전부 풀어냈어요.

이 이야기는 아주 오랫동안
제 마음 깊숙이 숨어 있던
악몽 같았어요.

인터넷에 연재할 때도
임종을 앞둔 가족을
돌보는 과정은
아주 무겁고
무서우니 읽지
말라고도 말했었죠.
제 말이 맞죠?
정말 무섭지 않았나요?
그런데
실은 말이죠.
NO!
그림을 그리면서
제가 내용을 순화하고
생략했어요.
실제 현장은
이 책보다 100배는
더 무섭고
처절하거든요.
아마 가족을 돌봤던 분들만
알 수 있을 거예요.
'생명이 꺼져 가는
과정은 이렇게나
잔인한 거구나….'
아빠는 자신의 생명으로 제게
죽음이 무엇인지 가르쳐 주셨어요.
하지만 저는 받아들이기가
너무 힘들었죠.
아빠가 세상을 떠난 후,
아주 오랫동안 저는
불을 켜고 잤어요.
어둠이 그 밤들을
생각나게 했거든요.

괜찮을 거로
생각했어요.
어른이니까.

이 기억을 잊으면 되고,
상처는 시간이 치료해 준다고
생각했어요.

하지만 좋지 않은 마음들을
꼭꼭 숨겨 두면, 결국은
영향을 받게 돼요.

나 자신도
제대로 못 보는 상처를
어떻게 치료할 수 있겠어요?

그래서 결심했어요.
더는 괜찮은 척하지
않겠다고.

내가 상처받은 것은 사실이니,
난 그걸 똑바로 봐야 하고
그림을 그리는 게 바로 내가
직시하는 방법이라고 생각했죠.

게다가 전 아버지를 돌보는 동안
느꼈던 무력함과 슬픔을
고스란히 기억하고 있었어요.

그때 저는 밤마다
인터넷에서 '무엇'을
찾았어요.

조금이라도 나를 위로해 줄
그 '무엇'이 있다면 그것으로
충분했어요.

그 시기를 지난 후에야
전 알았어요.

그 '무엇'이 나 자신이
될 수도 있다는 것을요.

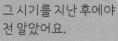

내 그림으로 작은 등불을
밝힐 수 있지 않을까?

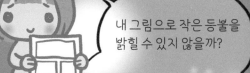

그 불로 어두운 밤을 걷는
사람들을 도울 수 있다면,
그걸로 충분하다고
생각했어요.

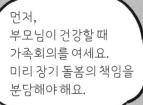

먼저,
부모님이 건강할 때
가족회의를 여세요.
미리 장기 돌봄의 책임을
분담해야 해요.

내가 장녀지만 나 혼자 전부
감당할 수는 없어!

아빠, 내가
사랑하는 거
알쥬?

녀석, 술을
왜 이리 많이
마셨어. 흐흐…

그리고
부모님이 살아계실 때
자주 사랑한다고 말하세요.

술 취한 척을 해서라도
꼭이요.

끝으로
어떻게 해서든 부모님의
건강검진을 챙기세요.
이게 제일 중요해요.

엄마가 안 가면 나도 나중에
아파도 엄마처럼 병원 안 갈 거야!

이건 모두 제가 그때
하지 못했던 일이에요.

그래서 구덩이에
떨어졌을 때 그렇게
처참하게 다쳤던 거예요.

여러분이 제 경험을 통해
자신만의 해결책을 생각해 낸다면
제겐 정말 큰 위로가 될 거예요.

많은 사람 덕분에 저는 외롭지 않았으니,
여러분에게도 이 책이 위로가 되면 좋겠네요.
마지막으로, 다시 한번 감사합니다.
페이스북에 남긴 여러분의 댓글 덕에
제가 혼자가 아니란 걸 알았어요.
제 작품을 본 독자들도 부디 외롭지 않기를
진심으로 바란답니다.

다음 여정은 아빠가
돌아가시고 나서

점점 쇠약해진 엄마의
임종을 돌본 이야기랍니다.

아빠를 돌보는 일은 제게 너무나
잔인한 기억이었어요.

여러분도 가족의 임종을
돌보는 일은 정말 무섭구나,
느꼈을 테지요.

하지만 꼭 그렇진 않아요.
모든 임종이 다 그렇지는
않답니다.

엄마가 떠나실 때는
완전히 달랐어요.

살짝 귀띔해 드리자면,

아빠의 임종은 제게
큰 상처가 됐지만,

엄마의 임종은 저를 살렸어요.
《나의 독박 간병 일지》의
다음 이야기는 더할 수 없이
따뜻할 테니 다들 안심하고
읽어 주세요.

나의 독박 간병 일지

초판 1쇄 인쇄 2023년 8월 10일
초판 1쇄 발행 2023년 8월 17일

지은이 미아오
옮긴이 박지민
펴낸이 이범상

펴낸곳 (주)비전비엔피 · 이덴슬리벨
기획 편집 이경원 차재호 정락정 김승희 박성아 신은정 박다정
디자인 최원영 허정수 이설
마케팅 이성호 이병준
전자책 김성화 김희정
관리 이다정

주소 우)04034 서울특별시 마포구 잔다리로7길 12 1F
전화 02)338-2411 | **팩스** 02)338-2413
홈페이지 www.visionbp.co.kr
이메일 visioncorea@naver.com
원고투고 editor@visionbp.co.kr
인스타그램 www.instagram.com/visionbnp
포스트 post.naver.com/visioncorea

등록번호 제2009-000096호

ISBN 979-11-91937-31-2 03820

- 값은 뒤표지에 있습니다.
- 파본이나 잘못된 책은 구입처에서 교환해 드립니다.